MAÎTRES DES DRAGONS

L'APPEL DU DRAGON DE L'ARC-EN-CIEL

TRACEY WEST

ILLUSTRATIONS DE

DAMIEN JONES

TEXTE FRANÇAIS DE

MARIE-CAROLE DAIGLE

Éditions
SCHOLASTIC

À TRISTAN ET CORA,

qui ont été choisis par la pierre du dragon — T.W.

Ce livre est une œuvre de fiction. Les noms, personnages, lieux et incidents mentionnés
sont le fruit de l'imagination de l'auteure ou utilisés à titre fictif. Toute ressemblance avec
des personnes, vivantes ou non, ou avec des entreprises, des événements ou des lieux réels
est purement fortuite.

Catalogage avant publication de Bibliothèque et Archives Canada

West, Tracey, 1965-
[Waking the rainbow dragon. Français]
L'appel du dragon de l'Arc-en-ciel / Tracey West ; illustrations
de Damien Jones ; texte français de Marie-Carole Daigle.

(Maîtres des dragons ; 10)
Traduction de: Waking the rainbow dragon.
ISBN 978-1-4431-7314-8 (couverture souple)

I. Jones, Damien, illustrateur II. Titre. III. Titre: Waking the
rainbow dragon. Français.

PZ23.W459App 2018   j813'.54   C2018-902489-5

Édition publiée par les Éditions Scholastic,
604, rue King Ouest, Toronto (Ontario) M5V 1E1

5 4 3 2 1   Imprimé au Canada 121   18 19 20 21 22

Illustrations de Damien Jones
Conception graphique de Jessica Meltzer

MIXTE
Papier issu de
sources responsables
FSC® C004071

TABLE DES MATIÈRES

LE RÊVE DE YOANN

Yoann rêve d'un dragon. Il y a de cela plusieurs mois, le jeune garçon a été choisi pour devenir un maître des dragons. On est allé le chercher dans son village pour l'emmener au château du roi Roland. C'est là qu'il a appris l'existence des dragons.

Yoann a maintenant son propre dragon, Lombric. Ce dragon de la Terre a de puissants pouvoirs. Tous deux vivent au château, en compagnie d'autres maîtres et de leurs dragons. Il y a Hélia, un dragon du Soleil, Shu, un dragon de l'Eau, Vulcain, un dragon du Feu et Zéra, un dragon du Poison.

Yoann a aussi rencontré d'autres dragons au cours de ses aventures : Wati, un dragon de la Lune, Lalo, un dragon de la Foudre, Néru, un dragon du Tonnerre et Givre, un dragon de la Glace.

Yoann rêve régulièrement d'eux, mais cette fois, un autre dragon occupe ses songes.

Son long corps fait penser à celui d'un serpent et sa carapace est striée de lignes de différentes couleurs : rouge, orange, jaune, vert, bleu et mauve, comme un arc-en-ciel.

C'est un beau rêve. Le dragon de l'Arc-en-ciel traverse le ciel bleu, le corps courbé en forme d'arc-en-ciel. Le ciel se couvre ensuite de nuages blancs et la pluie se met à tomber.

Puis la pluie cesse, la terre devient toute sèche et Yoann se retrouve dans une caverne sombre. Le dragon de l'Arc-en-ciel est recroquevillé dans un coin. Il semble effrayé. Une ombre s'approche de lui...

Yoann se réveille en sursaut. Son meilleur ami, Bo, se dresse dans son lit à l'autre bout de la pièce et le regarde.

— Ça va, Yoann? demande Bo.

— Oui, répond Yoann. Je viens de faire un rêve. Tout semblait tellement réel! Il y avait un dragon.

— Es-tu certain que c'était un rêve? demande Bo. Ta pierre du dragon scintille. Peut-être que Lombric tente de te dire quelque chose...

Yoann regarde la pierre du dragon suspendue à son cou. Tous les maîtres des dragons en ont une. Elle leur permet de communiquer avec leur dragon.

— Tu as peut-être raison, Bo! dit Yoann en sautant du lit pour s'habiller à toute vitesse. Je vais vérifier! On se revoit au déjeuner!

Yoann descend l'escalier en courant et traverse la salle d'exercice à la hâte pour se rendre aux cavernes où dorment les dragons. Lombric l'y attend.

— Lombric, demande Yoann, m'aurais-tu transmis un rêve? Un rêve à propos d'un dragon de l'Arc-en-ciel?

Lombric acquiesce d'un signe de la tête. Yoann voit sa pierre du dragon briller de plus en plus. Il entend Lombric lui parler dans sa tête.

Oui, dit Lombric, *le dragon de l'Arc-en-ciel a besoin de notre aide!*

LE POUVOIR DE LA PLUIE

Yoann est perplexe.

— Mais où est donc ce dragon de l'Arc-en-ciel? demande-t-il.

Je l'ignore, répond Lombric en secouant la tête.

— Jérôme pourra nous dire comment le trouver, dit Yoann.

Il remonte en courant vers la salle à manger. Jérôme, leur enseignant magicien, est là. Il prend son déjeuner avec les autres maîtres des dragons du château : Bo, Rori, Anna et Pétra.

— Je leur ai dit que Lombric t'avait envoyé un rêve, dit Bo en voyant Yoann arriver.

— Oui, j'ai rêvé d'un dragon de l'Arc-en-ciel, explique Yoann. Lombric dit qu'il a des ennuis, mais il n'en sait pas plus.

— Intéressant... répond Jérôme d'un air pensif. Il existe une légende à propos d'un dragon de l'Arc-en-ciel. Il est le seul de son espèce. Il est très âgé et doté de pouvoirs très puissants. J'ai l'impression qu'il a trouvé une façon de communiquer avec Lombric.

— Savez-vous où il se trouve? demande Yoann.

— Je ne m'en souviens plus, dit Jérôme. Mais je suis certain de pouvoir trouver quelque chose dans un de nos livres. Allons dans la salle de classe!

Yoann engloutit une pomme, un morceau de pain et un bout de fromage. Le magicien et les cinq maîtres des dragons se rendent ensuite au dernier sous-sol du château.

— À quoi ressemblait ce dragon de l'Arc-en-ciel que tu as vu en rêve? Est-ce qu'il était beau? demande Anna, ses yeux noirs brillant d'intérêt.

— Oh oui! Il avait une carapace étincelante aux couleurs de l'arc-en-ciel, répond Yoann.

— Bof! réplique Rori. Je me demande quel genre de pouvoirs un dragon de l'Arc-en-ciel peut bien avoir. Est-ce qu'il lance des jets de lumière colorés? Il ne sera jamais aussi fort qu'un dragon du Feu, comme Vulcain.

— Il pourrait bien avoir des pouvoirs spéciaux, réplique Pétra. Après tout, Lombric n'a rien de particulier, en apparence, mais il est pourtant le plus puissant des dragons que nous connaissons.

Rori prend un air contrarié. Yoann sait qu'elle ne peut répondre à un tel argument. Par la seule force de son esprit, Lombric est capable de déplacer des objets ou de les casser. Il peut se transporter n'importe où dans le monde en un clin d'œil et même emmener des gens avec lui.

Ils entrent dans la salle de classe. Jérôme prend des livres dans la bibliothèque et les distribue.

Tout est tranquille dans la salle pendant que les maîtres des dragons fouillent dans les livres.

C'est Bo qui brise le silence.

— J'ai trouvé quelque chose! s'exclame-t-il. On parle ici d'un dragon de l'Arc-en-ciel qui vivrait en terre d'Ifri.

— Est-ce que c'est loin de notre royaume des Fougères? demande Pétra.

— Je sais où est la terre d'Ifri, dit Anna.

Elle s'approche rapidement d'une étagère et revient avec un parchemin roulé.

— Là, c'est le pays des Pyramides, d'où je viens, explique-t-elle en déroulant la carte. Et là, c'est la terre d'Ifri. C'est très loin de chez moi, mais mon père y est déjà allé.

— Est-ce qu'il y a autre chose? demande Pétra.

— Le dragon de l'Arc-en-ciel a le pouvoir de la pluie, dit Bo en lisant à voix haute. Il sort de sa caverne une fois par an pour répandre la pluie dans les champs.

— C'est exactement ce que j'ai vu dans mon rêve! s'exclame Yoann. Il était bien dans une caverne, mais on aurait dit qu'il était prisonnier et qu'il se sentait menacé!

— Si le dragon de l'Arc-en-ciel est prisonnier, il ne pourra pas apporter la pluie dans les champs, dit Rori.

— Oh non! s'exclame Anna. Sans pluie, les plantes vont mourir! Et il n'y aura plus rien à manger!

— J'ai malheureusement l'impression que tu as raison, déclare Jérôme. Les habitants d'Ifri sont vraiment dans le pétrin!

UN NOUVEAU MAÎTRE DES DRAGONS?

Yoann s'adresse à ses amis d'un ton ferme et décidé.

— Il faut secourir le dragon de l'Arc-en-ciel, dit-il. Nous devons nous rendre en terre d'Ifri!

— Ifri est un très vaste territoire, réplique Anna en montrant la carte. Comment allons-nous y retrouver un dragon?

— Lombric ne pourra pas nous mener vers lui s'il ignore où il se trouve, répond Yoann d'un air dépité.

— Votre magie pourrait-elle nous aider? demande Pétra à Jérôme.

— Je peux toujours essayer, répond le magicien en caressant sa longue barbe blanche.

Les maîtres des dragons suivent Jérôme dans son atelier. Celui-ci s'approche d'une petite table et retire le tissu couvrant une boule de cristal. Il se penche et passe doucement la main dessus.

Les maîtres des dragons ne quittent pas la boule des yeux. Un petit halo de fumée tourbillonne à l'intérieur.

— Je ne vois pas grand-chose, dit Jérôme en fronçant les sourcils. On dirait qu'un sortilège m'empêche de voir le dragon de l'Arc-en-ciel.

— Ce dragon a-t-il un maître? demande Bo en examinant sa pierre du dragon.

— Excellente question, Bo! dit Jérôme. Si nous parvenons à retrouver son maître, nous retrouverons peut-être le dragon de l'Arc-en-ciel.

Jérôme s'approche d'un coffre en bois et l'ouvre délicatement. À l'intérieur, une immense pierre verte brille de mille feux : c'est la pierre du dragon! Le pendentif que porte chacun des maîtres des dragons provient de cette pierre.

— Pierre du dragon, dis-moi qui est le maître du dragon de l'Arc-en-ciel, demande Jérôme.

Des éclats de lumière verte jaillissent de la pierre et des images en mouvement se forment.

On voit un jeune garçon près d'un puits. Il en retire un seau et fait la moue. Le seau devrait être rempli d'eau, mais il est vide. Le garçon le montre à une femme debout près de lui.

— Le puits est à sec, dit la femme. C'est ainsi partout en terre d'Ifri.

Puis la lumière verte s'estompe lentement.

— Ce garçon serait-il notre maître des dragons? demande Rori.

— Oui, c'est le maître choisi par la pierre du dragon, et nous avons donc déjà un élément en main pour trouver le dragon de l'Arc-en-ciel, répond le magicien avant de taper dans ses mains. Il faut vite nous rendre en terre d'Ifri pour retrouver ce garçon!

UN ÉTRANGE MESSAGE

Yoann a une idée.

— Lombric pourrait nous transporter en terre d'Ifri, dit-il. Mais comment trouver ce maître des dragons inconnu, une fois sur place? Il pourrait être n'importe où.

— Je suis en train de mettre au point une formule magique pour repérer les maîtres des dragons, répond Jérôme. Je vais me remettre au travail sur-le-champ. Yoann et Anna, allez préparer vos dragons pour le voyage. Vous m'accompagnerez.

— Seulement Yoann et Anna? Et nous, alors? demande Rori.

— Vous devez rester ici afin de protéger le château, dit Jérôme.

— D'accord, répond Rori. Nous nous assurerons que tout se passe bien durant votre absence.

Sur ces mots, une bulle d'un bleu très brillant apparaît dans l'atelier de Jérôme.

— Regardez! s'écrie Pétra.

Pop! La bulle éclate devant Jérôme. Un manuscrit lui tombe dans les mains. Il le déroule.

— Qu'est-ce que c'est? demande Anna.

— C'est un message du Conseil des magiciens, répond Jérôme.

Son visage s'assombrit.

— Ah zut! Yoann, Anna, je ne pourrai pas partir. Je dois m'occuper d'une affaire urgente. Mais je suis persuadé que vous parviendrez à trouver le dragon de l'Arc-en-ciel. S'il y a le moindre pépin, revenez tout de suite ici, d'accord?

Yoann et Anna courent aux cavernes des dragons, puis se rendent peu de temps après dans la salle d'exercice, accompagnés de Lombric et d'Hélia. Anna a déjà sellé Hélia.

Jérôme est penché au-dessus de la carte d'Ifri qu'il étudie avec Bo et Rori.

— Un instant, dit Jérôme. Il me reste une dernière chose à faire pour donner à cette carte tous ses pouvoirs magiques.

Il pointe l'index vers la carte et des éclairs jaillissent de son doigt.

— Carte d'Ifri, guide nos amis. Du maître des dragons, trouve la maison, récite-t-il.

La carte s'illumine un instant, puis elle reprend son apparence normale.

Le magicien remet la carte à Anna.

— Cette carte vous servira de guide une fois que vous serez à Ifri, dit Jérôme.

Il ouvre ensuite un coffre et en sort une pierre du dragon, suspendue à une chaînette.

— Tu la remettras au nouveau maître des dragons lorsque tu le trouveras, ajoute-t-il en donnant la pierre à Yoann.

— D'accord, répond le jeune garçon en la glissant dans sa poche.

Au même instant, Pétra arrive en courant.

— Attendez! Voici des provisions et de l'eau pour le voyage, dit-elle en remettant un petit sac à chacun de ses amis.

Yoann remercie Pétra, et Anna la serre dans ses bras.

Anna pose ensuite une main sur Hélia et l'autre sur Lombric. Yoann pose une main sur Lombric.

— Bonne chance! dit Bo.

— Revenez vite! ajoute Rori.

— Emmène-nous en terre d'Ifri, dit Yoann en regardant son dragon dans les yeux.

La carapace de Lombric devient soudainement d'un vert scintillant. Une vive lumière verte inonde la salle.

Yoann cligne des yeux. Des picotements lui parcourent le corps.

Puis la lumière disparaît et laisse place à un paysage ensoleillé sous un grand ciel bleu.

— Nous y sommes! se réjouit Anna.

Yoann examine les alentours. Ils se trouvent au beau milieu d'une vaste plaine. Les longues herbes sont jaunies. Quelques arbres poussent ici et là, mais leurs feuilles sont desséchées. Et il n'y a nulle trace d'un quelconque village.

— Dans quelle direction faut-il aller? demande Yoann.

Anna déroule la carte. Un trait bleu apparaît et se met à briller.

— La carte nous indique le chemin! s'exclame Anna.

SUIVONS LA CARTE

Anna et Yoann marchent à travers les champs. Hélia suit Anna tandis que Lombric rampe derrière Yoann.

Le soleil tape fort. Des oiseaux aux couleurs flamboyantes volent d'arbre en arbre.

— Au royaume des Fougères, les oiseaux sont presque tous bruns ou gris, fait remarquer Yoann.

— Ici, nous allons voir plein de créatures qui n'existent pas au royaume des Fougères, réplique Anna.

— J'ai hâte de les découvrir! dit Yoann. Mais il me tarde de trouver le maître des dragons!

Ils marchent durant des heures, suivant toujours la carte.

— Mon père m'a dit avoir vu beaucoup de belles cascades à Ifri, dit Anna. C'est bizarre : nous n'en avons pas vu une seule!

— Tout semble desséché, dit Yoann en regardant l'herbe jaunie à ses pieds. On doit marcher encore longtemps?

— Je l'ignore, répond Anna. La carte ne montre pas notre destination finale. Plus nous marchons, plus le trait bleu s'allonge.

— Il se fait tard, dit Yoann en regardant le soleil couchant.

— Nous pouvons camper à la belle étoile, propose Anna. C'est ce que nous faisons quand nous voyageons, mon père et moi. Viens, je vais trouver un endroit où nous installer.

Anna repère rapidement un petit coin abrité par trois arbres. Les deux amis s'assoient par terre.

— Nous pouvons passer la nuit ici, dit Anna.

— Un peu de repos nous fera du bien, poursuit Yoann.

Il déballe son sac de provisions et en sort une gourde remplie d'eau.

— Je meurs de soif! dit-il en prenant de grosses gorgées. Tu me montres la carte?

— Bien sûr! On ne voit maintenant que ce petit point bleu qui est apparu lorsque nous nous sommes arrêtés.

— Il y a sûrement un indice quant au village où habite notre maître des dragons, dit Yoann en étalant la carte devant lui.

Mais au moment où il prend une autre gorgée d'eau, la gourde lui échappe des mains et son contenu se répand sur la carte! L'encre se dilue dans l'eau. Le petit point bleu disparaît.

— Mais qu'est-ce que tu fabriques, Yoann? hurle Anna.

— Je ne l'ai pas fait exprès! lui répond Yoann en criant à son tour.

— Je le sais bien, répond Anna d'un ton plus conciliant. Excuse-moi d'avoir crié comme ça. Mais notre carte magique est fichue…

Yoann inspire profondément. Il ne veut pas décevoir Jérôme! Avec Anna, il doit porter secours au dragon de l'Arc-en-ciel et sauver la terre d'Ifri.

— Dormons un peu, propose-t-il. Nous sommes tous les deux fatigués. La carte va peut-être sécher durant la nuit…

— Je l'espère, répond Anna en bâillant. Nous le saurons demain matin.

Les deux maîtres des dragons mangent une pomme et un bout de pain. Comme l'air du soir est frais, chacun se roule en boule contre son dragon. Ils dorment à poings fermés.

À son réveil, le lendemain matin, Yoann n'en croit pas ses yeux : quatre énormes créatures les entourent!

DES AMIS EN PLEINE NATURE

Chacune de ces créatures est aussi grosse qu'un dragon. Elles ont cependant un long nez effilé, d'immenses oreilles qui ressemblent à des ailes, et une peau grise toute fripée au lieu d'une carapace.

— Anna, réveille-toi! crie Yoann. Nous sommes encerclés par des dragons! Enfin... je *pense* que ce sont des dragons!

— Ce ne sont pas des dragons, mais des

éléphants! dit Anna en riant. Ce sont des animaux très gentils. Enfin... en principe.

Lombric observe les éléphants. Ses yeux brillent. Les éléphants font de drôles de bruits avec leurs trompes et frappent le sol de leurs grosses pattes.

La pierre du dragon de Yoann se met à scintiller. Le jeune maître entend son dragon lui parler dans sa tête.

— Lombric a demandé aux éléphants de nous aider, dit Yoann à Anna. Ils connaissent un village pas loin d'ici. Ils vont nous montrer dans quelle direction aller.

— Tant mieux, parce que notre carte est toujours inutilisable, répond Anna en examinant leur carte.

— Alors, vive nos amis les éléphants! lance Yoann.

Yoann et Anna mangent rapidement avant de partir. Ils avancent ensuite dans la savane, suivant le pas lent des éléphants. Ceux-ci s'arrêtent peu de temps après devant un petit plan d'eau presque à sec et aspirent l'eau avec leur longue trompe qu'ils portent ensuite à leur bouche. Lombric et Hélia s'abreuvent aussi.

Après un moment, les éléphants agitent leur trompe en direction de Lombric, comme pour le saluer, et s'éloignent. Yoann entend alors Lombric lui parler.

Les éléphants m'ont expliqué comment nous rendre au village. Suivez-moi.

Yoann fait signe à Anna et Hélia de suivre Lombric.

— Et le dragon de l'Arc-en-ciel? demande

Yoann à Lombric tout en marchant. Est-ce que tu sens encore son énergie?

Il est bien faible, répond le dragon. *Quelque chose m'empêche de communiquer avec lui aussi bien que mes pouvoirs devraient me le permettre. Je ressens sa présence, mais j'ai du mal à le localiser.*

Au même instant, Anna lance un cri.

— Yoann! Regarde, c'est le village!

Yoann regarde dans la direction indiquée par Anna et aperçoit un petit regroupement de maisonnettes aux toits en pente. Des gens se promènent et, parmi eux, Yoann reconnaît le garçon que la pierre du dragon leur a fait voir.

— Il est là! s'exclame-t-il. C'est le nouveau maître des dragons!

CHOISI PAR LA PIERRE

Yoann et Anna courent vers le nouveau maître des dragons. Celui-ci écarquille les yeux en voyant Lombric et Hélia.

Tous les villageois s'arrêtent pour observer les dragons. Aucun ne s'enfuit ou ne semble apeuré. En fait, ils ont plutôt tendance à se rapprocher.

— Est-ce que ce sont… des dragons? demande le garçon. Beaucoup de nos légendes parlent de dragons, mais nous n'en avons jamais vu.

— Oui, ce sont des dragons, répond Yoann. Je m'appelle Yoann, et voici Lombric.

— Je me nomme Anna, et voici mon dragon, Hélia, dit Anna en souriant.

— Moi, je m'appelle Obi, dit le garçon. Bienvenue dans notre village. Qu'est-ce qui vous amène parmi nous?

— Nous sommes venus ici parce que nous te cherchions, répond Yoann. Nous avons besoin de toi pour sauver le dragon de l'Arc-en-ciel.

Obi n'en croit pas ses oreilles. Tous les villageois se mettent à parler en même temps. Un homme et une femme arrivent derrière Obi.

— Nous
sommes les
parents d'Obi, dit
l'homme. Pourriez-
vous, s'il vous
plaît, nous dire
d'où vous venez
et ce que vous
savez à propos du
dragon de l'Arc-
en-ciel?

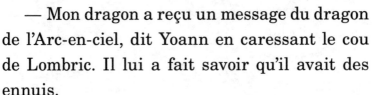

— Nous venons
du royaume des
Fougères, au nord, répond Anna.

— Mon dragon a reçu un message du dragon
de l'Arc-en-ciel, dit Yoann en caressant le cou
de Lombric. Il lui a fait savoir qu'il avait des
ennuis.

Les parents d'Obi se regardent.

— C'est bien ce que nous craignions, dit le
père d'Obi. La pluie n'est pas venue et il n'y
a presque plus d'eau. Les plantes meurent.
Bientôt, nous n'aurons plus rien à manger.

— Mais en quoi Obi peut-il vous aider?

demande la mère d'Obi.

— Notre magicien possède une pierre du dragon, explique Yoann. Cette pierre nous a appris qu'Obi avait un lien particulier avec le dragon de l'Arc-en-ciel. Il en est le maître. Et il est probablement le seul à pouvoir faire quelque chose pour lui.

— C'est impossible, dit Obi en hochant la tête. Le dragon de l'Arc-en-ciel ne peut pas avoir de maître. Il est beaucoup trop puissant!

— Même les dragons les plus puissants ont parfois besoin d'aide, réplique Anna. Sais-tu où il pourrait être en ce moment?

— Selon la légende, il vivrait quelque part dans une caverne, répond Obi. Mais personne ne l'a jamais vu. Cependant, lorsqu'il y a un arc-en-ciel après la pluie, nous savons que c'est grâce à lui.

Yoann sort de sa poche la chaînette au bout de laquelle est suspendue la pierre du dragon.

— Comme tu es le maître du dragon de l'Arc-en-ciel, tu as le pouvoir de communiquer avec lui pour nous aider à le trouver.

— Nous avons de la chance que ces visiteurs soient venus jusqu'à nous, intervient le père d'Obi. Tu dois les aider, mon fils.

— Mais je ne vois pas comment je pourrais faire quelque chose. Je ne suis qu'un enfant. Envoyez quelqu'un d'autre. Un guerrier... un instituteur... ou un guérisseur...

Anna prend la chaînette des mains de Yoann

et la passe autour du cou d'Obi.

— La pierre du dragon nous a menés jusqu'à toi, dit-elle. Elle t'a choisi.

Obi jette un regard vers ses parents, puis examine la pierre avant d'inspirer profondément.

— D'accord, dit-il. Je vais vous aider.

— Super! s'exclame Anna.

— Mais je ne sais vraiment pas comment retrouver le dragon de l'Arc-en-ciel, ajoute Obi.

— Il a envoyé des messages télépathiques à Lombric, explique Yoann. Ils sont un peu flous, mais mon dragon pourra quand même nous indiquer la direction à prendre.

— Ensuite, ta capacité de communiquer avec le dragon de l'Arc-en-ciel nous permettra de nous guider, dit Anna. Ta pierre du dragon deviendra verte et brillante chaque fois que tu seras en lien avec lui. Elle te mènera à lui.

— Sois prudent, dit la mère d'Obi en l'embrassant sur le front. Le village compte sur toi.

Obi s'éloigne avec Yoann, Anna et les dragons. Les villageois leur font de grands signes de la main.

LE LONG VOYAGE

Les maîtres et leurs dragons commencent une longue traversée de la savane.

— À quoi ressemble votre royaume? demande Obi en marchant.

— C'est beaucoup moins plat qu'ici, répond Yoann. Il y a des montagnes.

— Et beaucoup plus d'arbres, ajoute Anna.

— J'habitais dans une ferme, raconte Yoann. Une année, il n'a presque pas plu pendant l'été. Nous n'avons pas pu récolter grand-chose. C'était inquiétant.

— Si rien ne pousse, nous n'aurons rien à manger, répond Obi.

Yoann prend alors sa gourde et fait la grimace.

— Zut, je n'ai presque plus d'eau! s'exclame-t-il.

— Moi non plus, dit Anna.

— Il devrait y avoir un point d'eau pas trop loin d'ici, répond Obi en dépassant Anna et Yoann, les yeux fixés sur le sol.

Puis, il quitte subitement le sentier.

— Mais où vas-tu? s'inquiète Yoann.

Anna et lui pressent le pas pour le rattraper.

— Ce sont des pistes d'animaux, explique Obi en montrant des traces sur le sol. Et elles mènent… ici!

Obi écarte quelques buissons et leur fait découvrir une petite clairière. Un point d'eau semble sortir des entrailles de la terre.

— Ça alors! s'exclame Yoann.

— Tu as trouvé de l'eau! se réjouit Anna.

Ils remplissent leurs gourdes. Les dragons s'abreuvent aussi.

Obi les guide ensuite vers la piste, à travers les buissons.

Après quelques pas, il s'arrête net et, d'un

geste du bras, il empêche Yoann d'aller plus loin.

Debout dans l'herbe, un drôle d'animal leur fait face. On dirait un énorme cochon poilu, mais avec de longues défenses blanches!

Les oreilles de l'animal tressaillent. Soudain, il se retourne et regarde Yoann droit dans les yeux.

KWAKU!

osant un doigt sur ses lèvres, Obi fait signe
à ses amis de ne pas faire de bruit.

— *Chuuuut!* Pas un geste! chuchote-t-il. C'est
un phacochère. Si nous faisons des mouvements
brusques, il risque de nous attaquer.

Les bras au-dessus de la tête, Obi s'approche
lentement du phacochère. Puis il lâche un cri
terrible.

Roaaar!

Apeuré, le phacochère couine et s'enfuit à toute vitesse.

— Ça alors, Obi! C'est impressionnant! On aurait dit le cri d'un chat géant!

— J'ai imité le rugissement du lion, dit Obi. Est-ce qu'il y a des lions au royaume des Fougères?

— Je n'en ai jamais vu, répond Yoann.

— Ce sont de gros félins, très féroces, explique Obi.

— Tu es futé et surtout très courageux, commente Anna en souriant. Je pense que tu es fait pour être un maître des dragons.

— En effet, dit Yoann. Tu nous as trouvé de l'eau et tu as chassé le phacochère. Vraiment, tu m'épates!

Obi esquisse un sourire timide. Les maîtres des dragons pressent ensuite le pas pour rejoindre Lombric et Hélia qui marchent devant eux.

Peu de temps après, la pierre du dragon d'Obi se met à briller.

— Regarde, Obi! s'écrie Yoann. Ta pierre scintille. On dirait que le dragon de l'Arc-en-ciel tente de communiquer avec toi!

Lombric cesse d'avancer.

Obi doit nous montrer le chemin, dit-il à Yoann. *Son lien avec le dragon est meilleur que le mien.*

— Lombric dit que tu dois nous indiquer le chemin, dit Yoann à Obi.

— Comment dois-je faire? s'inquiète ce dernier.

— Sens-tu l'énergie du dragon autour de toi? demande Anna.

Obi ferme les yeux.

— C'est faible, mais je sens effectivement quelque chose. C'est comme s'il me parlait dans ma tête! répond-il avec une pointe d'excitation croissante dans la voix.

— Génial! dit Anna. Laisse-toi guider par cette énergie.

Obi avance tranquillement. Les autres le suivent jusque vers une petite colline.

Une grande ouverture dans la colline laisse entrevoir un tunnel souterrain.

— Je pense que... qu'il est là-dedans... balbutie Obi après avoir jeté un coup d'œil dans le tunnel.

— Hélia, nous donnerais-tu un peu de lumière? demande Anna.

Une grosse boule de lumière vive sort de la gueule d'Hélia et éclaire le tunnel, suspendue dans les airs.

Les amis et leurs dragons suivent la boule à mesure qu'elle avance dans le tunnel.

Le groupe ne fait que quelques pas avant de devoir s'arrêter. Une épaisse toile d'araignée bloque l'entrée d'une caverne!

— Oooooh! Ce doit être une énorme araignée pour tisser une toile aussi grande! s'exclame Yoann.

Obi en a le souffle coupé.

— C'est Kwaku! gémit-il.

— Qui est Kwaku? demande Yoann.

— Kwaku est une araignée géante dont on parle dans bon nombre de nos légendes, explique Obi. Parfois, elle est gentille, mais parfois, elle est aussi très méchante.

— C'est vrai, ou ce ne sont que des histoires? poursuit Yoann.

— Je pensais que ce n'étaient que des légendes, répond Obi. Mais regardez-moi cette toile! Seule une créature comme Kwaku peut l'avoir tissée!

Soudain, la pierre du dragon de Yoann se met à briller et Lombric s'adresse à lui dans sa tête.

Obi a raison. Kwaku a enfermé le dragon de l'Arc-en-ciel dans sa caverne!

DANS LA TOILE

Yoann s'élance vers la toile d'araignée géante qui bloque l'accès à la caverne. Il tente d'en briser les fils.

— Je n'arrive pas à la défaire, dit-il. Elle est vraiment solide et très collante!

— Arrête, Yoann, intervient Anna. S'il y a une araignée géante près d'ici, il nous faut un plan...

Puis elle se tourne vers Obi.

— Dans ces légendes qui parlent de Kwaku, comment parvient-on à la combattre? lui demande-t-elle.

— Je doute que Kwaku ait déjà perdu un combat. Elle a plus d'un tour dans son sac. Elle trouve toujours une formule magique pour se sortir du pétrin, répond Obi.

— Il doit bien y avoir une façon de l'arrêter, dit Yoann.

— Selon certaines légendes, elle est au service du souverain du Soleil, explique Obi. Alors peut-être que le Soleil peut l'arrêter...

— Hum... Hélia n'est pas la reine du Soleil, mais elle a le pouvoir du Soleil, intervient Anna. Elle arrivera peut-être à défaire cette toile et à affronter les pouvoirs magiques de Kwaku.

La jeune fille se tourne vers Hélia et lui dit :

— Envoie un rayon de soleil sur la toile.

Hélia ouvre la gueule et crache un énorme faisceau de lumière sur l'épaisse toile d'araignée. Les fils se mettent à briller, puis ils disparaissent!

— Ça a marché! s'écrie Yoann.

— *Chut!* l'interrompt Obi, un doigt sur les lèvres.

Ils pénètrent dans la caverne plongée dans l'obscurité. La boule de lumière flotte toujours devant eux, éclairant les lieux.

Soudain, Anna et Yoann laissent échapper

un petit cri.

Un dragon au corps très long est là, enveloppé dans un cocon fait de toile d'araignée. Au travers, Yoann distingue la carapace aux couleurs de l'arc-en-ciel.

— Le dragon de l'Arc-en-ciel! s'exclame Obi.

— Hélia, envoie d'autres rayons sur le cocon pour le faire disparaître, ordonne Anna.

Hélia dirige un puissant rayon de lumière vers le dragon de l'Arc-en-ciel. Les fils commencent à scintiller, mais avant qu'ils ne se dissolvent complètement…

Clac-a-clac! Clac-a-clac! Un sinistre cliquetis résonne dans la caverne. Hélia s'interrompt pour chercher d'où provient le bruit.

Une énorme araignée surgit de l'ombre!

Elle a huit longues pattes noires striées de brun. Son corps rond est marqué d'un motif noir et jaune. Elle fixe les maîtres et leurs dragons de ses huit yeux noirs globuleux. Yoann, Anna et Obi reculent lentement en la voyant.

Criiiii! Avec un cri strident, l'araignée se précipite vers eux. Hélia et Lombric foncent vers elle afin de protéger les maîtres des dragons.

— Hélia, utilise ton jet de lumière pour l'arrêter! crie Anna.

Mais l'araignée évite de justesse le rayon lumineux projeté par Hélia. Elle s'accroche à la voûte de la caverne et reste en suspension au-dessus d'eux.

En moins de temps qu'il n'en faut pour le dire, elle bombarde Hélia de fils de soie.

Les fils entourent la gueule d'Hélia, l'empêchant de se défendre, puis se multiplient comme par magie et s'enroulent à toute vitesse autour de son corps.

— Hélia! s'écrie Anna.

La carapace de Lombric se met à briller, comme lorsqu'il s'apprête à utiliser ses pouvoirs. Mais avant qu'il ne puisse faire quoi que ce soit, Kwaku le bombarde lui aussi de fils de soie et en quelques secondes, Lombric est à son tour prisonnier d'un cocon.

— Vite, cachons-nous! crie Yoann à ses amis. Nous ne pourrons rien pour nos dragons si Kwaku nous attrape, nous aussi!

Les amis se réfugient derrière un rocher. Yoann pose la main sur sa pierre du dragon.

— Lombric, est-ce que tu m'entends? chuchote Yoann.

La pierre se met à briller faiblement et Yoann entend une voix étouffée dans sa tête.

— Lombric essaie de me dire quelque chose, explique-t-il à Obi et à Anna, mais je n'arrive pas à comprendre. Le cocon doit affaiblir ses pouvoirs.

— Je ne parviens pas à communiquer avec Hélia non plus, chuchote Anna.

— Qu'est-ce qu'on fait alors? Nous ne vaincrons pas Kwaku sans nos dragons!

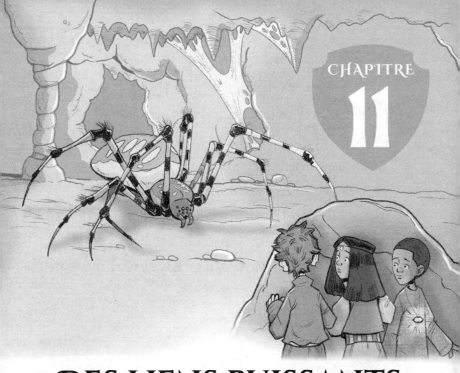

DES LIENS PUISSANTS

Yoann, Anna et Obi restent cachés, mais ils entendent l'araignée s'approcher dangereusement.

Clac-a-clac! Clac-a-clac!

— Il faut aller chercher du renfort, chuchote Obi.

— Qui pourrait bien nous aider? réplique Yoann.

Clac-a-clac! Clac-a-clac!

— Partons d'ici, dit Anna. Kwaku va nous emprisonner à notre tour dans un cocon!

Obi se relève et se tient bien droit. Sa pierre du dragon s'illumine.

— Obi, reviens! lui souffle Yoann.

Mais Obi ne l'écoute pas. Il a le regard fixé sur le dragon de l'Arc-en-ciel.

De l'un de ses huit yeux, Kwaku remarque le jeune gardien.

— Prends garde, Obi! Kwaku va t'attraper! crie Yoann.

Obi reste calme. Il s'adresse au dragon de l'Arc-en-ciel.

— Notre village a besoin de toi, dit-il. Je t'en prie, aide-nous!

La pierre du dragon d'Obi se met alors à briller de plus en plus fort!

— Incroyable! dit Yoann à Anna. Je n'ai jamais vu une pierre du dragon briller aussi intensément! Même quand Lombric utilise ses pouvoirs au maximum!

Une lumière verte emplit la caverne. Elle est tellement intense que les maîtres des dragons doivent se protéger les yeux.

Criiiii! gémit l'araignée.

À mesure que la lumière augmente en intensité, l'araignée s'enfuit plus loin dans l'obscurité de la caverne.

Puis la lumière s'affaiblit lentement. Yoann examine les alentours. Les cocons qui enveloppaient les dragons scintillent comme lorsque le jet de lumière d'Hélia a frappé l'immense toile d'araignée à l'entrée.

Ils disparaissent alors, comme par magie. Anna et Yoann courent vers leurs dragons.

Anna caresse la tête d'Hélia tandis que Yoann demande à Lombric :

— Est-ce que tout va bien?

Oui, répond le dragon.

Yoann jette un coup d'œil à Obi et sourit. Le nouveau maître des dragons est aux côtés de son dragon. Ils s'aperçoivent alors que le dragon de l'Arc-en-ciel est en réalité une femelle. Libérée de son cocon, elle plane légèrement au-dessus d'Obi.

Elle a une carapace aux écailles multicolores qui brille dans la pénombre de la caverne. Son long corps filiforme ressemble à celui de Lombric, mais elle n'a pas d'ailes.

— Elle est magnifique... chuchote Anna.

— Elle dit qu'il est temps de faire tomber la pluie, dit Obi en regardant Yoann et Anna. Et elle veut que je l'accompagne.

Yoann approuve d'un hochement de tête.

Obi monte sur le dos du dragon de l'Arc-en-ciel et ils planent doucement jusqu'à la sortie de la caverne, laissant derrière eux Yoann, Anna et leurs dragons.

— À notre tour! dit Anna à son compagnon en lui donnant une petite tape d'encouragement.

Ils se hâtent de sortir de la caverne, suivis de leurs dragons. Dehors, le soleil resplendit dans le ciel bleu.

Le dragon de l'Arc-en-ciel s'élance dans les airs et survole les champs, Obi sur le dos.

— Retrouvons-nous au village! crie ce dernier à Anna et à Yoann.

Obi et son dragon volent de plus en plus
haut. Le ciel se couvre alors de nuages gris.

Yoann sent une goutte tomber sur sa joue.

— Il pleut! se réjouit-il.

DES DRAGONS DANS LE CIEL

D'autres nuages envahissent le ciel et la pluie tombe de plus en plus fort.

— Obi semble en avoir pour un moment, dit Yoann. Allons raconter notre aventure à ses parents.

— D'accord, dit Anna en posant une main sur Hélia et l'autre sur Lombric.

Lombric les ramène au village dans un éclair de lumière verte. Tous les villageois sont dehors pour profiter de la pluie.

Les parents d'Obi viennent à leur rencontre en courant.

— Où est Obi? demande sa mère.

— Il est en sécurité, répond Yoann. C'est l'araignée Kwaku qui gardait le dragon de l'Arc-en-ciel prisonnier. Obi l'a libéré. Ils sont là-haut, dans le ciel, en train de faire de la pluie.

— Suivez-moi, tous les deux, dit la mère d'Obi en prenant Anna par la main. Je pense qu'il va pleuvoir durant un bout de temps. Abritez-vous dans notre hutte; vous y serez au sec.

La mère d'Obi leur sert un bol de ragoût bien chaud.

Alors qu'ils terminent leur repas, un cri se fait entendre à l'extérieur.

— Regardez!

Yoann, Anna et les parents d'Obi se précipitent hors de la hutte.

Dans le ciel lumineux, des nuages flottent au loin tandis que le dragon de l'Arc-en-ciel plane doucement. Son corps décrit la même courbe qu'un arc-en-ciel et sa carapace colorée brille de mille feux. Obi le chevauche, le visage rayonnant de bonheur.

Tous sont émerveillés par ce qu'ils voient.

Anna remarque alors que sa pierre du dragon scintille. Elle sourit.

— Hélia aimerait bien voler, elle aussi, dit-elle.

Anna monte sur le dos de son dragon du Soleil, et ils s'envolent bien haut dans le ciel. L'air est chargé d'innombrables gouttelettes qui, lorsqu'elles entrent en contact avec le rayon lumineux craché par Hélia, se transforment en arc-en-ciel, juste sous le dragon de l'Arc-en-ciel.

— Un double arc-en-ciel! s'écrie joyeusement Yoann.

L'HISTOIRE DE DAYO

Hélia et le dragon de l'Arc-en-ciel reviennent sur la terre ferme. Obi saute de son dragon et court rejoindre ses parents.

— Maman! Papa! crie-t-il.

— Bravo, Obi! lancent les villageois en applaudissant.

La pierre du dragon d'Obi se met à briller.

— Le dragon de l'Arc-en-ciel s'appelle Dayo

et aimerait que je vous raconte son histoire, annonce Obi.

— Dayo, répète Anna en sautant d'Hélia. C'est un beau nom!

— Est-ce qu'elle t'a dit comment Kwaku a fait pour l'emprisonner dans sa caverne? demande Yoann.

— Kwaku l'a piégée, continue Obi. Elle lui a dit qu'elle connaissait la plus belle chanson du monde. Dayo a alors demandé à l'entendre, mais c'était en fait une formule magique pour l'endormir. C'est ainsi que Kwaku a pu l'enfermer dans un cocon.

Sur ces mots, quelques villageois s'exclament de surprise.

— Mais pourquoi avoir fait cela? demande Anna.

— Kwaku était fâchée contre elle, explique Obi. La dernière fois qu'il a plu, l'eau a inondé son nid, alors elle l'a emprisonnée pour l'empêcher de recommencer.

— Quelle fourbe! dit le père d'Obi en secouant la tête.

— Dayo ne pouvait plus bouger, mais elle avait encore toutes ses facultés mentales, poursuit Obi. Elle a donc appelé à l'aide, et Lombric, le dragon de Yoann, l'a entendue.

— Ensuite, Lombric m'a transmis l'information, reprend Yoann en caressant de son dragon. Puis nous t'avons trouvé.

— Dayo est très reconnaissante de ce que vous avez fait, vous et vos dragons, dit Obi en s'adressant à Yoann et à Anna.

Deux jeunes garçons surgissent.

— L'eau recommence à s'écouler de la cascade! crie l'un d'eux.

Les villageois applaudissent et se serrent dans les bras les uns les autres.

— Je suis heureuse que Dayo soit maintenant en sécurité, dit Anna. Mais Kwaku pourrait-elle essayer de la piéger à nouveau?

— Dayo dit qu'elle ne fera plus jamais confiance à Kwaku, répond Obi. Et maintenant que nous pouvons communiquer, elle me fera signe si jamais elle a des ennuis.

Obi regarde sa pierre du dragon, toujours brillante. Une expression de tristesse traverse son visage.

— Dayo dit qu'elle doit retourner dans sa caverne, dit-il. Elle doit surveiller nos terres, comme elle l'a toujours fait.

Obi serre son dragon de l'Arc-en-ciel dans ses bras.

— Tu vas me manquer, Dayo, dit-il.

Dayo l'entoure de son long corps et le serre tendrement, elle aussi. Puis elle s'élève dans les airs et s'envole au loin.

— J'aurais bien aimé que Dayo et toi puissiez nous suivre au royaume des Fougères pour vous entraîner avec nous, dit Yoann.

— Ce n'est pas possible, mais je vous remercie, répond Obi. Le dragon de l'Arc-en-ciel appartient à la terre d'Ifri, tout comme moi.

— Je comprends, répond Yoann.

Le père d'Obi s'avance vers eux.

— Nous vous sommes reconnaissants d'avoir aidé notre village, dit-il. Vous serez toujours les bienvenus chez nous!

— Merci, répond Yoann. Nous devons rentrer, maintenant. Sinon, nos amis vont s'inquiéter.

— Au revoir! dit Anna.

Yoann et Anna posent la main sur leurs dragons, puis Lombric les ramène tous les quatre au royaume des Fougères dans un éclair de lumière verte.

DES ENNUIS AU CHÂTEAU

Dès leur retour, Yoann et Anna entendent une voix mécontente. C'est Jérôme.

— Qu'est-ce que tu fabriques, Diego? crie le magicien.

Les maîtres des dragons laissent Lombric et Hélia dans les cavernes du château et suivent la voix du magicien jusqu'à la salle de classe.

— Arrête, s'il te plaît! continue Jérôme en s'adressant à un petit magicien rondouillard.

Diego est l'ami de Jérôme et il a souvent donné un coup de pouce aux maîtres des dragons. Mais à cet instant, il est en train de mettre la pagaille dans la salle de classe. Il prend un à un les livres de la bibliothèque et les jette par terre.

— Où est-ce qu'il peut bien être? Il doit être ici! marmonne-t-il sans même répondre à Jérôme.

— Diego, calme-toi! ordonne Jérôme.

Soudain, Diego brandit un livre.

— Je l'ai trouvé! s'écrie-t-il en se retournant vers Jérôme.

Le magicien sursaute. Il reste bouche bée devant ce qu'il voit.

Yoann constate alors lui aussi quelque chose : les yeux de Diego sont rouges!

— Diego, laissez-nous vous aider! s'écrie Yoann.

Mais Diego a un pouvoir particulier : tout comme Lombric, il peut disparaître et réapparaître à volonté.

Pouf! Le magicien n'est plus là.

Rori, Bo et Pétra arrivent en courant dans la salle.

— Yoann! Anna! Vous êtes de retour! s'exclame Rori. Pourquoi tous ces cris?

— Nous avons pu sauver le dragon de l'Arc-en-ciel, dit Anna. Mais ce n'est pas pour cela que Jérôme criait. Diego était ici il y a un instant.

— Il avait les yeux tout rouges, la couleur de la magie de Maldred, renchérit Yoann. Je pense qu'il était sous l'emprise d'un sort.

Le silence se fait dans la salle. Maldred est un magicien maléfique. Il a déjà attaqué le château du roi Roland et essayé de s'emparer de ses dragons. Les maîtres des dragons, aidés par Jérôme et Diego, avaient alors réussi à l'en empêcher.

— Diego et vous, vous avez envoyé Maldred à la prison du Conseil des magiciens, dit Bo en s'adressant à Jérôme. Il ne peut pas y faire usage de sa magie.

— C'est justement ce dont le Conseil m'a informé l'autre jour, répond le magicien. Maldred s'est échappé.

— Oh non! s'exclame Rori en serrant les poings. Il faut le retrouver!

— Et qu'est-ce qu'il peut bien vouloir de Diego? demande Pétra.

— J'ai l'impression que Maldred s'est servi de lui pour me voler un livre, dit Jérôme en examinant ses étagères. Mais... Oh non! Pas ce livre-là!

Le visage du magicien devient livide. Puis il continue :

— Diego s'est emparé de l'ouvrage sur le Naga, un dragon légendaire.

— C'est grave? s'inquiète Yoann.

— Très grave, répond Jérôme. Si Maldred se met à la recherche du Naga, le monde entier est en danger!

TRACEY WEST a déjà eu le bonheur de voir un double arc-en-ciel et elle espère que cela t'arrivera aussi un jour. Tracey a écrit des douzaines de livres pour enfants. Elle écrit chez elle, entourée de la famille recomposée qu'elle forme avec son mari et ses trois enfants (lorsqu'ils rentrent pour quelques jours de l'université). Sa maison est aussi le foyer de ses animaux de compagnie. Elle possède trois chiens et un chat qui s'installe confortablement à une extrémité de sa table de travail pendant qu'elle écrit! Heureusement qu'il n'est pas aussi lourd qu'un dragon!

DAMIEN JONES habite avec sa femme et son fils dans les Cornouailles, lieu de naissance de la légende du roi Arthur. L'endroit a même son propre château! Par beau temps, on peut voir à des kilomètres à la ronde en montant dans la tour. C'est le point de vue idéal pour observer les dragons!

Damien illustre des livres pour enfants. Il a aussi été responsable de l'animation de films et d'émissions télévisées. Dans son studio, il est entouré de figurines de personnages mystiques qui le surveillent pendant qu'il dessine.

MAÎTRES DES DRAGONS

L'APPEL DU DRAGON DE L'ARC-EN-CIEL

Questions et activités

Au début de l'histoire, Yoann fait un rêve. Qui lui parle dans ses rêves, et dans quel but?

Pourquoi le dragon de l'Arc-en-ciel a-t-il de l'importance en terre d'Ifri? Relis les pages 11 et 36.

Comment Kwaku a-t-elle réussi à déjouer le dragon de l'Arc-en-ciel? (Un conseil : relis la page 79.)

À la fin de l'histoire, les maîtres des dragons constatent que Diego a été ensorcelé par Maldred. À ton avis, qu'est-ce que ce magicien maléfique veut obtenir de Diego? Essaie de deviner ce qu'il se passera dans le prochain livre. Invente toi-même le premier chapitre et dessine des illustrations pleines d'action.